KB136400

언니들의
페미니즘

언니들의
페미니즘

현실문화 편집부 엮음

현실문화

지워가 최고야,

#003

벽에 적힌 낙서

#

002

여자들은
사랑이라는 이름 아래
착취당하고
또 자신이 착취당하게
내버려둔다.

시몬 드 보부아르
Simone de Beauvoir

# #
001

남자들이 페미니즘에 기여할
수 있는 방법은 단 하나뿐이다.
여자의 본질에 대해서
제발 입 좀 다물어.
여자들이 말하게 냅두라고.

브누아트 그루
Benoite Groult

"아니,
또 남자라니!"

Chapter 1

이 책에는 수많은 여성들의 말이 담겼다. 역사 속 위인부터 우리에게 친숙한 배우와 가수들까지, 세상과 맞섰던 페미니스트들이 꺼낸 말들이다. 남자들의 역사 속에서 곧잘 잊히곤 했던 이 말들을 하나로 꿰어 놓은 건, 그녀들의 말이 지금 여기에서도 여전히 통한다고 생각했기 때문이다. 우리는 아직도 단지 여자라는 이유만으로 공공장소에서 살해당하고, 자기 몸에 대한 결정권을 박탈당하며, 비하와 욕설을 일상적으로 감내하고 있다.

이럴 때 가부장적인 세상을 멋지게 되받아친 이들의 목소리를 들어보는 것도 좋지 않을까. 그녀들은 세상의 바보들에게 웃으면서 화낼 줄 알았다. 엄청 털털한데 말도 잘하고, 어디 가서 지고는 못 사는 성격에 친구도 많을 것 같은, 터놓고 얘기할수록 "진짜 대박이다"라고 말할 법한 멋진 여자들이다. 이런 여자들을 '언니'라고 불러도 좋지 않을까. 진짜 멋있고 유쾌한 언니들 말이다.

페미니즘은 사유이자 행동이면서 언어다. 이 책을 슥 펼쳐 내키는 대로 읽어도 좋고, 정말 하루에 한 문장씩 입으로 술술 따라 해도 좋겠다. 그렇게 해서 언니들의 말을 우리의 것으로 만들어 보면 어떨까.

이 책이 우리 시대 모든 언니들의 말이 될 수 있기를 바라며

현실문화 편집부

차례

I'd
rather
be a rebel
than a slave

- Emmeline Pankhurst

아침마다
커피를
끓여줄 필요도,

축구를
같이 봐줄 필요도
없잖아!

# #
004

남자가 바보 같은 짓을 하면
사람들은 이렇게 말한다.
"걔 좀 멍청하지 않아?" 하지만
여자가 바보 같은 짓을 하면
이렇게 말한다. "여자들 좀
멍청하지 않아?"

도리스 데이
Doris Day

# #
005

남자가
자기 의견을 낼 땐
그냥 남자야.
여자가
자기 의견을 내면?
그냥 나쁜 년이지.

벳 데이비스
Bette Davis

# #
006

여자들은 남자들이
자기와 대화하지
않는다고 한탄하죠.
내 생각에는 여자들이
고마워할 일인 것
같은데.

우어줄라 헤르킹
Ursula Herking

내 존재를 정당화하는 데
남자는 필요 없어요. 누구나
언젠가 맺게 될 깊은 관계는
바로 우리 자신과의 관계니까요.

셜리 매클레인
Shirley MacLaine

# #
008

남자는 '남자답게' 여자는
'여자답게' 보여야 한다.
남자들이 남성성을 유지하려면
여자가 '남자다워' 보이지 않게
철저히 막아야 한다.

밸러리 솔래너스
Valerie Solanas

솔래너스는 앤디 워홀을 총으로 쏜 사건으로 유명하다.

009

남자가 소리 지르면
씩씩하다고들 하지.
여자가 소리 지르면
히스테리 부리냐고
하던데.

힐데가르트 크네프
Hildegard Knef

# #
010

여자 없이는 안 된다.
남자들이 그렇게 화를 내는
이유가 바로 이거다.
그들은 미래가 여자 것이라는
사실을 알아차렸다.

조앤 콜린스
Joan Collins

# #
011

여자들은 변변치 못한 성관계와
거짓투성이 오르가슴에
만족해야 하고, 대체로 자신의
욕구에 대해 침묵한다.
이 모든 게 낭만적 사랑이라는
이름 아래 행해진다.

엘리너 스티븐스
Eleanor Stephens

# #
012

남자는 손에
장미꽃다발을 들고
있을지라도, 생각은 늘
고추를 벗어나지 못한다.

아지자 A

Aziza-A

# #
013

남자는
우유와 같아.
그냥 놔두면
상하지.

마돈나
Madonna

# #
014

남자들은 의존하지 않는
여자를 좋아한다고 말해요.
여자가 자립심을 키워나갈
시간은 허용하지도 않은 채
말이에요.

캔디스 버건
Candice Bergen

# #
015

다들 이렇게 묻는다.
"왜 남자들은 우리가 언제
오르가슴을 느끼는지 모르죠?
왜죠?"
남자들은 항상 그 자리에
없으니까요.

조이 필딩
Joy Fielding

# #
016

모든 남자는
자유를 갖고 태어난다.
왜 모든 여자는
노예 상태로 태어나는가?

메리 아스텔
Mary Astell

남자들은
인권을 위해 일어선다.
여자들의 인권을
짓밟으면서.

메리 울스턴크래프트
Mary Wollstonecraft

울스턴크래프트는 「여성의 권리 옹호A Vindication of the Rights
of Woman」(1792) 등을 썼다.

018

주름살 잡힌 여자랑
자는 건 질색하는
남자들이, 14살짜리
여자애랑 잘 땐
아무렇지도 않단
말인가요?

수전 서랜던
Susan Sarandon

성공한 남자들을
살펴보면, 남자라는 것
말곤 별다른 특징이
없을 때가 많다.

버지니아 울프
Virginia Woolf

# #
020

만나는 남자들마다
날 지켜준다고 해요.
대체 무엇으로부터
지키겠다는 거죠?

메이 웨스트
Mae West

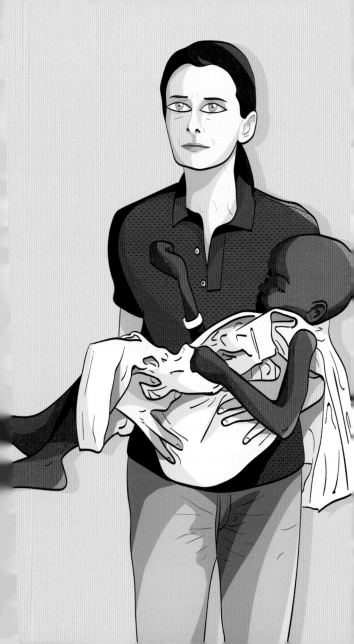

# #
021

"남자여, 그대에게는 정의로울
능력이 있는가?" 한 여자가
당신에게 묻는다. 설마
그녀에게서 이런 질문을 할
권리마저 빼앗으려는 건
아니겠지?

올랭프 드 구주
Olympe de Gouges

구주는 남성에게만 참정권을 부여한 프랑스 인권선언에 반대해
「여성과 여성시민의 권리 선언La Déclaration des Droits de la Femme et de
la Citoyenne」을 썼다.

022

남자아이는 명예심이
강하든 어리석든 수줍음을
많이 타든, 열린 미래를
향해 걸어나간다.
여자아이는 아내, 어머니,
할머니가 된다.

시몬 드 보부아르
Simone de Beauvoir

023

우린 남자들을
너무 높게 평가하면서
우리 자신은 너무
낮게 평가한다.

메리 아스텔
Mary Astell

# #
024

지뢰가 숨겨진 곳에서
남자들은 전부 점잖은
신사다. 그들은
'레이디 퍼스트'라고
말한다.

바브라 스트라이샌드
Barbra Streisand

# #
025

소년이 된다는 건 고통을
경험하지 않는 거란
생각이 들었어. 여자애가
된다는 건 고통에도 책임이
있다는 말이잖아.

필리스 체슬러
Phyllis Chesler

여자가 자신이 싫어하는
남자, 자신이 사랑할
수 없는 남자, 자신이
경멸하는 남자에게서
사랑받을 필요는
없습니다.

우에노 지즈코
上野 千鶴子

남자들은
여자들에게
도움 받으면서도
어떤 형태로든
보상한 적이 없다.

에멀린 팽크허스트
Emmeline Pankhurst

1903년 여성사회정치연합WSPU을 조직해 여성해방운동을 주도했으며,
1999년에는 《타임》지 선정 '20세기 가장 중요한 인물 100'에 이름을 올렸다.

#

028

어떤 남자가 내게
여자치고 고집이
세다고 말하면
난 이렇게 받아쳐요.
"넌 남자치고
무식하네."

앤 해서웨이
Anne Hathaway

# #
029

'내가 원하는 대로가 아니면
널 싫어하겠어,
널 추방하겠어,
널 없애버리겠어.'
이건 남성의 유전병이다.

베니타 칸티니
Benita Cantieni

#
030

지난 수천 년간
권력과 남성성은
같은 말이었다.

마르가레트 민커
Margaret Minker

# #
031

[남자:]
여자가 살아 있는
인형이라고 믿는 사람.
누르면 쇳소리와 함께
"사랑해요!"와 "아,
사랑하는 여보!" 둘 중
하나가 튀어나온다.

시슬리 해밀턴
Cicely Hamilton

# #
032

[이혼한 여자:]
더 이상 일하지 않기 위해
결혼했다가
이젠 더 이상
결혼하지 않기 위해
일하는 사람.

안나 마냐니
Anna Magnani

# #
033

남자 없는 여자요?
자전거 없는
물고기 같은 거죠.

글로리아 스타이넘
Gloria Steinem

페미니즘 잡지 《미즈Ms》의 창간자이며, 2005년에는
제인 폰다, 로빈 모건과 함께 여성미디어센터WMC를 세웠다.

034

결혼은
하기 전에만
편하다.

조르주 상드
Georges Sand

035

아담은
미완성된 설계에
지나지 않았다.
신이 이브를 만든
다음에야 인간 창조가
완성됐다.

시몬 드 보부아르
Simone de Beauvir

# #
036

아담이 먼저, 이브가
나중에 창조됐다. 이게
대체 무얼 뜻하냐고?
아무 의미도 없다. 아니면
남자가 닭보다 못하다는
뜻이거나.

릴리 데버러 블레이크
Lillie Devereux Blake

# #
037

남자들은
자신이 억압받을 때만
여자의 동등한 권리를
인정한다.

로자 마이레더
Rosa Mayreder

#
038

남자들은
여자들이 지혜의 열매를
나눠 갖지 못하게
비웃음과 조롱
그리고 공포를
이용한다.

메리 아스텔
Mary Astell

# #
039

결혼은 여자에게나
남자에게나 필요가 아니라
사치여야 한다. 여성의
삶에서 전부가 아니라,
살아가면서 마주치는 일 중
하나여야 한다.

수전 B. 앤서니
Susan B. Anthony

#040

벌써 한 남자가
달에 발을 디뎠다.
왜 모든 남자를
달에 데려다 놓지
않을까?

플라잉 피시
Flying Fish

# #
041

아니,
또 남자라니! 이
응석받이 녀석들을
내가 얼마나
싫어하는데!

그레타 가르보
Greta Garbo

042

나는
열두 나라 언어로
"싫어!"라고 말할 수
있다. 여자는 그거면
충분하다.

소피아 로렌
Sophia Loren

"제 직업은
엄마도, 아내도, 식모도, 유모도
아닌데요"

Chapter 2

# #
043

[집:]
안락한
강제 수용소.

베티 프리던
Betty Friedan

집안일은
사람의 일이지
여자의 일이
아니다.

알리체 슈바르처
Alice Schwarzer

# #
045

병원 진료일마다 남편이 같이
간다고 하면 다들 남편 칭찬하기
바빠요. "어머, 병원에 매번
같이 간단 말이야? 정말 좋은
남편이다!" 그런데 거기 혼자 가는
거 아니잖아요. 저는요? 주인공은
저라고요. 내가 피 뽑는 동안
게임한 걸로 칭찬받다니요.

앨리 웡
Ali Wong

스탠드업 코미디쇼 〈베이비 코브라〉에서.

# #
046

뭐? 엄마가 되라고!
더 이상은 절대 못 해!
남자들은, 아니 세상 사람
전부 다 엄마가 된다는
게 어떤 건지 이해하지
못하니까. 이해하지도
못하면서 아이를 갖는
게 여자가 바랄 수 있는
최고라고 생각하니까.

이다 한한
Ida Hahn-Hahn

047

여성의 가사노동은
결혼 제도의 일부분
같지만, 실은
이 제도의 핵심이다.

이리스 폰 로텐
Iris von Roten

048

모성은 어머니와 아이에게
법적 아버지가 있을 때에만
감탄의 대상이 된다.
비혼모, 레즈비언의
모성은 하찮게 여겨지거나
모욕당하거나 무시당한다.

에이드리언 리치
Adrienne Rich

여자의 일생은 세대를
막론하고 아이에게
바쳐졌다. 역사는
여자의 홀로코스트다.

로즈메리 래드퍼드 루터
Rosemary Radford Ruether

050

이 세상을 지배하는 종교는 가부장제다. 종교라 불리는 모든 종교는 가부장제를 정당화하기 위해 존재하며, 따라서 이단일 따름이다.

메리 데일리
Mary Daly

미국의 신학자로 『교회와 제2의 성The Church and the Second Sex』(1968)을 썼다.

결혼 제도가
없었다면 우리는
여자아이들에게 전혀
다른 교육을
시켰을 게 틀림없다.

게르트루데 베어
Gertrude Baer

남자들은 대체 왜
사업 잘하는 여자들을 보면
인상을 찌푸리는 거죠?
사업 수완이
2차 성징이라도
된대요?

제인 폰다
Jane Fonda

결혼한 여성들이
사회 개혁에 별 관심이 없는 건
놀랄 만한 일도 아니다. 일주일에
70시간만 일해도 행복해할
여자들은 노동운동이 농담인
줄 알 것이다. 주당 40시간만
일하겠다니!

한나 미첼
Hannah Mitchell

# #
054

집에서 모든 일을 해치우는 건
아내 혼자다. 일찍 일어나서
늦게 잠들 때까지 밥을 짓고,
빨래를 하고, 빗자루질을 하며,
온갖 집안일을 다 한다. 그런데도
남자들은 이렇게 말한다.
"먹여 살린다"고.

릴리 데버러 블레이크
Lillie Devereux Blake

집안일만 한
시시포스의 고통이
또 있을까?

시몬 드 보부아르
Simone de Beauvoir

056

프롤레타리아는
노예나 다름없다.
하지만
최고의 노예는
프롤레타리아의
아내다.

루이즈 미셸
Louise Michel

057

남자들은 이미
수백 년 전에 마음먹었다.
"하기 싫은 일은
전부 여자에게
떠넘겨버리자."

프랜시스 게이브
Frances GABe

#058

여성의 역할은 출산 기계였다. 그뿐이다.

마거릿 생어

Margaret Sanger

미국의 간호사로 '산아 제한birth control'이라는 말을 대중화했다.

# #
059

여성들은 모성 신화에
압박받죠. 저는 이렇게
말해주고 싶어요.
"여러분, 압박에 굴하지
마세요. 자기 일을 하고
싶어 한다고 해서
나쁜 엄마는 아니니까요."

크리스티네 베르크만
Christine Bergmann

# #
060

여자를
노예로 만드는
가장 세련된 방법은
모성이다.

시몬 드 보부아르
Simone de Beauvoir

# #
061

아무도
남자에게는 묻지
않는다. "아이들은
어떻게 하고
일하세요?"

젠타 베르거
Senta Berger

남자가
임신할 수 있었다면
임신 중절은
성스러운
일이었으리라.

플로린스 케네디
Florynce Kennedy

# #
063

꽃다발은
가져오지 마세요.
당신의 전통적인
여성상을 버릴 준비를
하세요.

1968년, 알링턴 국립묘지에서 열린
'전통적 여성상 장례식' 시위 팸플릿

# #
064

만약 내가 남자였다면
아무런 방해 없이 책을 쓸 수
있었겠지. 아내나 비서, 가정부
등 여자들이 도와주었을 테니까.
하지만 여자인 나는 집안일
때문에 작업을 중단한 적이
너무나 많았다.

펄 벅
Pearl Buck

1938년 노벨문학상을 수상했다. 미국 여성으로서는 최초 수상자였다.

직장생활에서
남자가 더 높이 평가받는 이유?
능력이 더 뛰어나다고 한다.
욕망도, 부담도 더 크다고 한다.
물론 능력은 사람에 따라 다르다.
하지만 욕망이나 부담은
단지 남자라는 성에 주어진 선물,
즉 성별에 따른 덤이다.

케테 시르마허
Käthe Schirmacher

# #
066

보수가 없는 일은
대개 여자가 도맡는다.
급여는 성과가 아니라
성별에 따라
지급된다.

엘리자베스 케이디 스탠튼
Elizabeth Cady Stanton

수전 B. 앤서니
Susan B. Anthony

마틸다 조슬린 게이지
Matilda Joslyn Gage

자기 직업을
남편이나 아버지라고
말하는 남자가
있을까?
하지만
여자들의 직업은
아내나 어머니다.

이리스 폰 로텐
Iris von Roten

# #
068

아이가 소리를 지르거나
젖을 잘 먹지 않을 때,
아이를 잠깐 다른 사람에게 맡길 때,
아이에게 항상 인내심을 유지할 수
없을 때, 아이가 다른 아이보다 더
과격하거나 수줍음을 많이 탈 때,
여자들은 왜 죄책감을 느끼는가?

헤라트 센크
Herrad Schenk

# #
069

여성은 남자들이
아이를 낳을 수 있을 때에야
완전히 해방되리라.
그래서 나는 내 재산을
남자가 임신하는 방법을
연구하는 데 기부했다.

글로리아 워트니
Gloria Watney

# #
070

그에게 나는
욕망의 샘이자
수호천사이며,
집 안의 장식품이며,
아내다. 그게 다다.

소피야 안드레예브나 톨스타야
Sophia Andreyevna Tolstaya

# #
071

임신한 여자 코미디언 이름 좀 대보세요.
남자 코미디언은 일주일쯤 지나고
무대에 서서 이런 개그를 쳐요. "얼마
전에 아빠가 됐어요." 그럼 관객석에
있던 다른 아빠들이 좋다고 박수
치며 난리겠죠. 갑자기 가족 공감대를
형성한 웃긴 코미디언이 된 거예요.
그동안 엄마는 아이에게 젖을 먹이느라
젖꼭지가 갈라지고 산모용 기저귀도
차야 하고, 정말 바쁘죠.

앨리 웡
Ali Wong

공연 당시 그녀는 임신 7개월 반에 접어들었다.

노동자장가운데불지문을는지

때일이때문

여오하여

아정수모를뒤집

#072

헤드비히 돔
Hedwig Dohm

073

혁명이 어디서
시작되는지 아십니까?
바로 집에서부터죠.

체리 모라가
Cherrie Moraga

글로리아 안잘두아
Gloria E. Anzaldúa

# #
074

**여자는 생각하는 대신
꿈을 꾼다.
여자의 일생은
냄비를 문질러 닦는 동안
다 지나가버린다.
그런데도
굉장한 소설이 된다.**

시몬 드 보부아르
Simone de Beauvoir

"언제까지
우리가 입은 드레스만
볼 건가요?"

Chapter 3

기자 분이 당신한테는
정말 흥미롭고 수준 있는 질문을
던지는데,
왜 나한테는 토끼풀 뜯어먹는
소리나 하는 거죠?

스칼렛 요한슨
Scarlett Johansson

기자가 몸매를 어떻게 관리하느냐고 묻자
옆에 있는 남자 배우에게 되물으며.

# #
076

신문기자들은 연설자가 여자면
그들 옷장 속 먼지까지 털 기세예요.
정말이지 재밌는 습성이라고
할 수 있죠. 연설 내용은 거의
언급하지도 않으면서.

수전 B. 앤서니
Susan B. Anthony

아이다 허스티드 하퍼
Ida Husted Harper

077

**섹스 심벌은
사물이 된다는 거죠.
난 단지
사물이 되는 게
싫어요.**

마릴린 먼로
Marilyn Monroe

여자아이는 유치원에서부터 어떻게
해야 호감을 사는지 배운다. 그것 말곤
다른 방법이 없으니까. 그들은 시장
원리도 알아야 한다. 언제 더 값나가
보이는지, 언제 무슨 말을 하고 하지
말아야 하는지를.

엘프리데 옐리네크

Elfriede Jelinek

옐리네크의 자전적 작품으로 알려진 소설 「피아노 치는 여자」는 딸을 남편의
대체물로 다루는 어머니, 폭력적인 사도마조히즘적 욕망, 정복욕에 다름
아닌 정상적 남성성 등을 적나라하게 드러내 큰 논란을 불렀다.

# #
079

**여성의 몸은
전 세계
가부장제에서
통용되는
화폐다.**

레나테 클라인
Renate Klein

'여배우'는 오직
여성만을 연기할 수 있죠.
전 '배우'고
어떤 역할이든 맡을 수 있어요.

우피 골드버그
Whoopi Goldberg

도대체가,
남자 다리에 반해서
뒤쫓아 가는 여자
봤어요?

마를레네 디트리히
Marlene Dietrich

⋕
082

남성은 모든 매체에서
여성의 몸을 물건 취급해요.
사람들은 자동차만 사는 게
아니라 여성의 몸까지
덤으로 사는 거죠.

다차 마라이니
Dacia Maraini

#
083

기자들은 여자에 대해 기사를 쓸 때
전혀 다른 단어를 쓴다. 그들은
매력적인 아이, 공주, 잠자는 미녀,
인형, 우아함, 좁은 어깨, 긴 금발,
매력, 섹시함 사이에서 헤맨다.

우어줄라 포크트
Ursula Voigt

# #
084

사람들이 모르는 게 하나 있어요.
그들이 갖고 싶어 하는 외모 뒤에는
수많은 디자이너와
메이크업 전문가가 있어요.
포토샵은 물론
동영상 편집기술도 있죠.

스칼렛 요한슨
Scarlett Johansson

자신의 페이스북에 생얼 사진을 올리면서.

♯
085

남자와 함께하는 삶은
한 편의 기나긴 연극이다.
우린 여자를 '연기'한다.
무대 위에 서서 다른 사람이 되기 위해
끊임없이 노력한다.

필리스 체슬러
Phyllis Chesler

♯
086

**아뇨! 그럼 전 더 이상
저 자신일 수가 없겠죠.
뚱뚱하다느니 말랐다느니
제 외모를 갖고 떠드는 소리가
정말이지 성가셔요.**

마리아네 제게브레히트
Marianne Sägebrecht

# #
087

미니스커트를 입은 여자가 무언가
진지한 말을 하려 들면 사람들은
듣지 않는다. 그녀의 허벅지가
유창한 입보다
더 많은 말을 하기 때문에.

다차 마라이니
Dacia Maraini

#
088

바라볼 권리, 즐길 권리는
남자에게 있다.
여자에게는 다만 자신을
보여줄 권리만 있다.

엘프리데 옐리네크
Elfriede Jelinek

089

선생이 여자 체조선수에게
소리를 질렀다.
"그렇게 남자애처럼 뛰면 안 돼!
여자애처럼 뛰어야지!"
대체 무슨 말도 안 되는 소리야?
여자가 건너뛰는 도랑이랑
남자가 건너뛰는 도랑이
따로 있다는 얘기야?

알리체 프로페
Alice Profé

#
090

불평등의 최고봉:
주름살은 남자를
더 남자다워 보이게 하는 반면,
여자는 더 늙어 보이게 한다.

잔 모로
Jeanne Moreau

# #
091

난
패션의 노예가
아니에요.
내 개성에 신경 쓰죠.

샌드라 오
Sandra Oh

092

우리가 아는 여성상은
남자들이 만들었다.
즉 그들의 욕구에 맞게
조작됐다.

케이트 밀렛
Kate Millett

# #
093

여자는 애인이 가진 환상이나 강압적인
명령에 따라 때로는 노예가 되며,
때로는 왕비, 꽃, 암캐, 유리창, 창녀,
시녀, 매춘부, 뮤즈, 동반자, 어머니,
여동생, 어린아이가 된다.

시몬 드 보부아르
Simone de Beauvoir

\#
094

스무 살까지 나는 그저
사물에 지나지 않았다.
마흔 살까지는 소녀였다.
지금은 할머니다.
언제 내가
여자였던 적이 있나?

크리스타 라이니히
Christa Reinig

# #
095

**소녀들은 네게
우아한 공주가 되어야 한다고
말하겠지. 헤르미온느라면 네게
전사가 될 수 있다고 말할 거야.**

엠마 왓슨
Emma Watson

우린 우리가 다른 이들에게 어떻게 보일지에 대한 인식을 바꿀 필요가 있다.

비욘세

Beyoncé

2014년 8월, 비욘세가 MTV 비디오 뮤직 어워드에서 '페미니스트FEMINIST'라는 글씨와 함께 등장한 모습은 격렬한 논쟁을 불러일으켰다. 벨 훅스는 비욘세가 성 상업화를 좇는 "테러리스트이자 안티 페미니스트"라며 비판했지만, 록산 게이는 "여성 스스로 성적으로 자극적인 표현을 하고 싶다면 허용해야 한다"고 맞섰다.

097

여자는
태어나는 게
아니라
만들어지는
것이다.

시몬 드 보부아르

Simone de Beauvoir

# #
098

여자가 16세기에
뛰어난 재능을 갖고 태어났다면
틀림없이 미치거나
권총 자살을 하거나
마을 밖 외딴 오두막에서 일생을
마쳐야 했을 것이다.

버지니아 울프
Virginia Woolf

정신질환에 시달리던 울프는 시골에서 요양생활을 했으나 호전되지 않았다.
그녀는 1941년 3월 28일, 강물에 몸을 던져 자살했다.

# #
099

얌전한 소녀는 다리를 모으고 앉아
이 우주에서 가장 작은 자리를
차지하려 애쓴다. 얌전한 소녀는 절대
목소리를 높이지 않는다. 얌전한
소녀는 자기 대신 행동해줄 남자와
결혼한다.

필리스 체슬러
Phyllis Chesler

# #
100

**완벽한 몸매 같은 건
어디에도 없는데
우린 자신을 계속
그따위 것과
비교하려 해요.**

제니퍼 로렌스
Jennifer Lawrence

# #
101

**남자들은 내면이 아름다운
여자를 사랑한다고 맹세해요.
그런데 이상하죠.
그들은 항상 다른 곳만
쳐다보더군요.**

마를레네 디트리히
Marlene Dietrich

♯
102

여자가 많이 배우면
남자들은 본능적으로
못마땅하게 여긴다.
가난한 집안에서 자란 사람이
많이 배우면 경계 어린 시선을
받는 것과 마찬가지로.

베르타 폰 주트너
Bertha von Suttner

1905년 여성으로서는 최초로 노벨평화상을 수상했다. 주트너는 1903년
노벨물리학상을 받았던 마리 퀴리에 이어 노벨상 수상자 목록에 오른 두
번째 여성이었다.

\#
103

전 예술가예요.
예술에는 피부색도,
성별도 없죠.

우피 골드버그
Whoopi Goldberg

# #
104

남자들은 그들이 만들어낸 내 이미지,
나 자신이 쌓은 이미지,
즉 섹스 심벌로서의 이미지 때문에
내게 많은 것을 기대한다. 하지만 나는
다른 모든 여자와 마찬가지로
그저 여자일 뿐이기에, 그 이미지들을
결코 충족할 수 없다.

마릴린 먼로
Marilyn Monroe

# #
105

오늘날 여성에게
가장 널리 퍼져 있는
장애 중 하나는
몸무게에 대한 집착이다.
이는 특히 정상 체중인
여성에게서 자주 나타난다.

리타 프리드먼
Rita Freedman

# #
106

언제까지
우리가 입은 드레스만
볼 건가요?

리스 위더스푼

Reese Witherspoon

2015 오스카 시상식에서
'그녀에게 좀 더 물어보세요#Askhermore' 캠페인에 지지를 보내며

"전쟁을 하라,
사랑이 아니라!"

Chapter 4

107

나는
내 의지대로 살고 싶다.
그게 예절에 맞는지 아닌지는
묻고 싶지도 않다.

루이제 뮐바흐
Luise Mühlbach

108

저기 검은 옷을 입은 작은
남자(목사)가 말하네요. 여자는
남자만큼의 권리를 가질 수 없다고요.
그리스도가 여자가 아니었기
때문이라고요! 당신들의 그리스도는
어디서 왔죠? 어디서 왔느냐고요!
신과 여자로부터 왔잖아요! 남자는
그리스도와 아무런 관계도 없어요.

소저너 트루스
Sojourner Truth

뉴욕주에서 노예로 태어났지만 1828년 딸을 데리고 탈출했다.
같은 해 아들을 되찾는 법정 다툼에서 백인 남성을 이긴
첫 번째 흑인 여성으로 기록되었다.

우리가 바로
남자들이
경고하던
그 여자들이다.

로빈 모건
Robin Morgan

우리는 어디서도
시민이 아니다.
그러니
여자 가운데
이방인은 없다.

잔 데리쿠르

Jeanne d'Héricourt

남자에게 그들의 권리를! 그 이상은 안 된다. 여자에게도 그들의 권리를! 그 이하도 안 된다.

수전 B. 앤서니
Susan B. Anthony

엘리자베스 케이디 스탠튼
Elizabeth Cady Stanton

두 사람이 발간한 주간지 《더 레볼루션The Revolution》의 모토로,
1868년 뉴욕시에서 처음 발간된 이 신문은 여성의 권리,
특히 참정권 문제를 다뤘다.

사람들은 내가 이렇게
말하고 싶어 하는 줄 안다.
"세상의 여자들이여,
단결하라. 여러분은 남편
말곤 잃을 게 아무것도 없다!"
하지만 틀렸다. 여러분은
진공청소기 말곤 잃을 게
아무것도 없다.

베티 프리던

Betty Friedan

베티 프리던은 제2물결 페미니즘을 촉발한 책으로 알려진
『여성의 신비The Feminine Mystique』 등을 썼다.

난 강하고,
야심적이고, 내가
정확히 무엇을
원하는지도 알아요.
그것 때문에
나쁜 년이 된다 해도
상관없어요.

마돈나
Madonna

114

책임감 있고 시민 정신을 갖추었으며
스릴을 추구하는 여자들에게 남은
것이라고는 정부를 뒤엎는 일,
금융시스템을 날려버리는 일, 모든
기관을 자동화기기로 바꿔버리는 일,
남자라는 성을 없애버리는 일뿐이다.

밸러리 솔래너스
Valerie Solanas

「남성거세결사단 선언문」 중에서

강한 여자에게는
허락이
필요하지 않죠.

비욘세
Beyoncé

116

'모두'에는 물론 남자만이 포함된다.

헤드비히 돔

Hedwig Dohm

117

여성들은 남편을 위해,
아이를 위해 끊임없이
싸워왔다. 이제 우리는
우리 자신을 위해
싸워야 한다.

애멀린 팽크허스트
Emmeline Pankhurst

여자들은 페미니스트가 된다는 게
좋은 일이라는 걸 알아야 해요.
페미니스트는 남자들을
증오하지 않아요. 그들은
평등한 권리를 지지할 뿐이죠.
당신이 남자와 같은 직업을 가졌다면
마땅히 같은 보상, 같은 대접을
받아야 하지 않겠어요?

샤를리즈 테론
Charlize Theron

인류 역사는
남성이 여성에게
반복해서 피해를
주고 부당하게
간섭해온 기록이다.

세네카폴스 대회

여성 권리 신장을 위한 이 대회는 1848년 뉴욕 세네카폴스에서 처음 열렸다.

지금까지 개인들이 벌여왔던
국지전의 시대는 끝났다.
이제 우리는 전면전을
선포한다.

「레드스타킹 선언문」 중에서

레드스타킹Redstockings은 미국에서 일어난 제2물결 페미니즘에서 중요한
축을 담당했던 급진 페미니스트 단체로, 19세기 여성 지식인을 비꼬는 단어
'블루스타킹'에 혁명좌익을 뜻하는 붉은색을 더해 만들어진 이름이다.

아무것도
그냥 주어지지 않는다.
우리는 우리가 얻어낸
모든 것을 날마다
새로이 지켜야 한다.

알리체 슈바르처
Alice Schwarzer

슈바르처는 1971년 이후 낙태를 금지하는 법안에 반대하는 투쟁을 벌였다.
이 활동은 독일에서 큰 논쟁을 불러일으켜 1974년
낙태가 합법화되기에 이른다.

여성은
'남성의 미래'가
아니라 진보된
세계에서의
부끄러운
침묵이다.

말리카 모케뎀
Malika Mokeddem

이 모든 것을 지켜보며 생각했다.
이 나라에서 달아나자,
내 여권 어디 있지?
그러나 한 번 더 생각해본 뒤
이렇게 중얼거렸다.
아니, 여기가 바리케이드야.
최전방이라고.
나는 여기 있어야 해.

토니 모리슨
Toni Morrison

대표작이자 '여성 노예'에 초점을 맞춘 소설 『빌러비드Beloved』(1987)로
퓰리처상을 수상했으며, 1993년에는 흑인 여성작가 최초로
노벨문학상을 수상했다.

125

여성의 역사는
남성의 지배 권력에
갈취당했다. 그렇게 본받고
싶은 여성 영웅들,
따르고 싶은
여성 역할 모델들이
역사에서 사라져버렸다.

거다 러너
Gerda Lerner

#126

나는 내 피가 되고 살이 된
말들이 어디서부터 온 것인지
깊이 자각하고 있기 때문에
"나는 페미니스트입니다"라고
언제고 말할 수 있습니다.

우에노 지즈코

上野 千鶴子

127

반항할 줄 아는 여자아이로 키워라!

수전 B. 앤서니

Susan B. Anthony

#128

한 남녀가 달리기 경주를 시작했다.
남자는 20미터나 앞에 서 있는
데다 스포츠용품까지 갖췄다.
여자는 두 아이가 매달려 있는
가방에, 앞에는 여러 장애물까지
놓여 있다. 누가 이길까?
알아맞히는 건 시간 낭비일 뿐이다.

레기네 힐데브란트
Regine Hildebrandt

여자는 남자와 토씨 하나까지 똑같은 말을 해도 달리 평가받는다.

데버러 태넌
Deborah Tannen

유리창을 깨드렸을 때
여성들은 훨씬 더 많은 것을
얻었다. 남자들에게 여자의
몸을 망가뜨릴 권리를
허용했던 지난 시절에 비하면.

에멀린 팽크허스트
Emmeline Pankhurst

131

작은 것으로
만족하지는 않겠다.
내 형제여, 나도
너희들이 일하는
곳에서 일할 수
있다.

루시 콜먼
Lucy Colman

오늘날 남성 혁명가들은 외부 세계와
싸우기만 하면 된다. 그렇지만
여성 혁명가들은 이중 전선에
나서야 한다. 그들은 외적 자유뿐만
아니라 자신의 내적 자유를 위해서도
싸워야 한다.

루이즈 미셸
Louise Michel

133

아이에게 기저귀를 채우지 마라.
남편 와이셔츠 단추를 달아주지 마라.
그들이 양보할 때까지 집안일을
하지 마라. 여러분 자신의 집으로
전선을 옮겨라.

엘리자베스 케이디 스탠톤
Elizabeth Cady Stanton

우리는
이길 때까지 싸울
것이다.

《여성 참정권Jus Suffragii》

국제여성참정권연맹International Woman Suffrage Alliance이
1906년부터 1925년까지 발행하던 월간지.

135

다시
화를 낼 때가
왔다.

저메인 그리어

Germaine Greer

제2물결 페미니즘에서 핵심적인 역할을 맡았던 호주 출신 작가로,
『여성, 거세당하다The Female Eunuch(1970) 등을 썼다.

우리는 스스로 다시
태어나야만 한다.
여성에서 벗어나기
위해서가 아니라,
남자들 세계에서
길러진 여성으로부터
벗어나기 위해서.

브누아트 그루
Benoîte Groult

여자들이 자기 안팎의
코르셋을 풀어헤치고,
날씬해지는 알약을 변기에
처박아버리고, 발에서
하이힐을 벗어던진다면 세상은
분명 많이 달라지겠죠.

리타 프리드먼
Rita Freedman

여성이
좋은 직업을 갖는 게
그렇게 대단한 일이
아니라면 좋겠어요.

수전 서랜던
Susan Sarandon

139

**여자는 남자가 원하는 대로
해야 한다는 말이 있는 한,
우린 법치국가가 아닌
폭력국가에 산다.**

헤드비히 돔
Hedwig Dohm

여자 뇌가 남자보다 작아서
멍청하다니. 남자 골반 크기가
여자보다 작아서 번식력이
떨어진다는 말만큼이나
황당하군.

막시 프라이만
Maxie Freimann

141

삶과 죽음,
즐거움과 아픔,
기쁨과 고통에
성차별이
있던가?

어니스틴 L. 로즈
Ernestine L. Rose

남자들에게서
입법권을 빼앗기
위해서라면 우리는
법을 어길 각오도
되어 있다.

애멀린 팽크허스트
Emmeline Pankhurst

1965년까지만 해도 피임은
불법이었어요. 세상이 미쳐
돌아갔던 거죠. 이제 우린
유리천장에 대해서도 말할 수
있어요. 하지만 예전엔 들어갈
문조차 없었다는 사실을
기억해야 해요.

줄리앤 무어
Julianne Moore

여자 없이는 민주주의도 없다.

칼리다 메사우디

Khalida Messaoudi

145

여성으로서 내게는
조국이 없다.
여성으로서 나는
조국을 원하지 않는다.
내 조국은 전 세계다.

버지니아 울프
Virginia Woolf

146

프랑스 혁명에서
여성들의 권리는 기만당했다.
여성들은 함께 싸웠다.
하지만 그들은 묻혀버렸다.

요한나 뢰벤헤르츠
Johanna Löwenherz

147

당신 자신을 위한 삶을 사세요.
남자들 세상에서 당신이 필요한 만큼
자리를 요구하세요.
다리를 벌리고 앉으세요.
당신이 입고 싶은 옷을 입으세요.

필리스 체슬러
Phyllis Chesler

전쟁을 하라,
사랑이 아니라!

〈더 페미니스트The Feminists〉
(뉴욕판)의 슬로건

Chapter 5

여자아이들은
여자로 자라면서
두려워하는 법을
배운다.

수전 그리핀
Susan Griffin

150

매춘이 무엇인지는 우리 모두가 안다. 거의 모두가 경험했으니까. 그의 마음에 들기 위해서, 착하게 굴기 위해서, 평화를 위해서, 두려움을 피하기 위해서.

알리체 슈바르처
Alice Schwarzer

151

매춘은 늘 있었다는 말,
쌀을 필요가 없다는 말은
제발 그만하세요. 그럼
당신 시계를 도둑맞았을 땐
왜 그렇게 말하지 않죠?

베르타 파펜하임
Bertha Pappenheim

우리 언어는
대부분 성욕을
느낄 수 있을 정도로만
여성을 비하하는 데
쓰인다.

슐라미스 파이어스톤
Shulamith Firestone

슐라미스 파이어스톤은 『성의 변증법The Dialectic of Sex』(1990)을 쓰면서
제2물결 페미니즘의 선구적 이론가로 부상했다.

# #
153

여성을 혐오하는 사람은
여성의 이런저런
태도가 아니라
'여성이라는 것' 자체를
문제 삼는다.

보누아트 그루
Benoîte Groult

그루는 1978년 페미니스트 월간지 《F매거진》을 창간했으며, 남성형으로만
존재하는 직업, 직급, 직책 명칭의 여성형을 만들기 위한 용어정리위원회
위원장으로도 활동했다.

154

미국 여러 주에서는
여전히 남자가 여자를
'너무나 사랑해서'
쏴 죽이는 행위를 허용하고
있다. 반대의 경우는 당연히
살인죄로 재판받는다.

다이앤 B. 슐더
Diane B. Schulder

마가릿 애트우드
Margaret Atwood

남자는
여자가 자신을
비웃을까 봐
두려워한다.

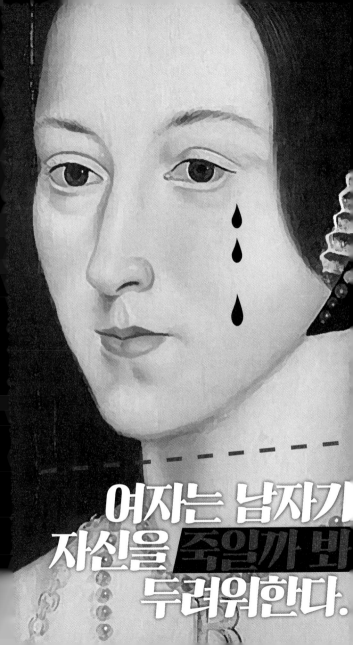

여자는 남자가
자신을 죽일까 봐
두려워한다.

156

우리는 강간 행위에 분노하고
저항한다. 강간당한 여성은
죽음보다도 더 심한 고통에
시달리고, 지옥보다도 더 잔인한
환경에서 살아야 하며,
악마보다도 더 흉악한 존재와
함께 살아야 하기 때문이다.

리다 구스타파 하이만
Lida Gustava Heymann

157

그때 나는 내 살이, 내 성기 일부가 몸에서 잘려나가는 걸 느꼈다. 그 고통을 묘사할 수 있는 말이 있다고는 믿지 않는다. 누군가가 당신 허벅지에서 살을 한 움큼 베어내거나 팔을 잘라내는 것과 같다. 그 모든 일이 당신 몸 가장 예민한 곳에서 일어난다.

와리스 디리
Waris Dirie

소말리아 모델인 와리스 디리는
UN 특별대사로서 여성 할례에 반대하는 캠페인을 펼쳤다.

강간은 기본권을 유린하는 행위다. 남편이 저지른 행동이 얼마나 비열했든, 얼마나 잔혹했든, 여자가 결혼했다는 이유로 강간을 정당화하는 것은 말도 안 되는 짓이다.

엘리자베스 울스턴홈
Elizabeth Wolstenholme

159

페미니즘이
증오의 대상이 된 건
여성이 증오의 대상이 되기
때문이다. 안티 페미니즘은
여성혐오의 단적인 표현이다.

안드레아 드워킨
Andrea Dworkin

160

마녀들이
화형용 장작더미와 싸우던
시절이 있었다. 지금 우리는
그야말로 거지같은 피임약을
제때 먹기 위해
애써야 한다.

이름트라우트 모르그너
Irmtraud Morgner

161

푸르노그래피는 푸르노
상점에서 시작되는 게
아니다. 담뱃가게에서,
박물관에서, 바보상자에서,
침실에서 시작된다.

알리체 슈바르처
Alice Schwarzer

슈바르처는 1987년 독일에서 'PorNo'(반포르노그래피) 캠페인을 펼쳤다.

#

162

섹스 산업은 여성에 대한
증오를 점점 더 커다랗게 부풀리는
저장고다. 그것은 남자들에게
이 세상 모든 여자를 성적으로
억압하라고, 난폭하게 대하라고
가르친다.

실라 제프리스
Sheila Jeffreys

\#

163

인터넷, 텔레비전,
비디오. 이 모든 게
소프트 포르노
산업이다.

앨리샤 키스
Alicia Keys

164

포르노그래퍼는 남성 지배를
정당화하려는 장치다. 거기서
핵심은 여성들이 강간당하기를
원하며 심지어 즐기기까지
한다고 강변하는 것이다.

안드레아 드워킨
Andrea Dworkin

165

남성 지배체제에서는 남성을
흥분시키는 모든 것이 섹스다.
포르노그래퍼에서는 폭력도 섹스고,
불평등도 섹스다. 불평등과 강간,
지배, 강제가 없으면 성적
흥분조차 일지 않는다.

캐서린 매키넌
Catharine MacKinnon

# #
166

'마녀' 대신 '여자'를 넣어
읽어보라. 교회가 여자들에게
얼마나 잔혹한 형벌을
내렸는지 쉽게 알 수 있다.

마틸다 조슬린 게이지
Matilda Joslyn Gage

투표권 없이 투표했다는 이유로 100달러 벌금형을 받은 수전 B. 앤서니가
벌금 납부를 거부해 재판정에 갔을 때, 게이지는 그녀의 변호를 맡았다. 이후
둘은 엘리자베스 케이디 스탠튼과 함께 『여성 참정권의 역사The History of
Woman Suffrage』(전 4권, 1881~1902)를 출간했다.

167

성차별주의가 파멸을
불러온다는 인식이
퍼져나가야 한다.
11세기부터 16세기까지
유럽에서 벌어졌던
수백만에 달하는
마녀사냥을 떠올려보라.

보누아트 그루
Benoîte Groult

168

흑인들이 린치를 당했다는
기사를 읽으면 피가 거꾸로
솟는 듯하죠. 하지만 여성
살해에 관한 기사는
매일같이 실리는데도 전혀
관심을 끌지 못해요. 이게 우리
현실인 거예요.

수전 B. 앤서니
Susan B. Anthony

우리는 평범한 남자가
강간범이 될 수 있는 사회란
대체 어떤 사회인가를
물어야 한다.

앤드라 미디어
Andra Medea

캐슬린 톰슨
Kathleen Thompson

# #
170

몇몇 남성이 강간을 저지른다는 소문은 여성에게 위협을 주기에 충분하다. 이는 여자들로 하여금 남자 몸에 달린 것이 돌연 무기로 변할 수 있다는 사실을 계속 의식하도록, 겁에 질리도록 만든다.

수전 브라운밀러
Susan Brownmiller

수전 브라운밀러는 『우리 의지에 반하여: 남성, 여성, 강간Against Our Will: Men, Women, and Rape』(1975)에서 강간이란 남성이 자신의 권력을 유지하기 위한 수단이라고 주장했다.

# #
171

우리 여성들을 보호하기 위해
전쟁을 치러야 한다는
말이라면 더 이상 듣고 싶지
않다. 우린 전쟁을 통해
강간당했기 때문이다.

리다 구스타파 하이만
Lida Gustava Heymann

#
172

남자들은 여자를 강간한다.
밤에 잘못된 구역에서
잘못된 길을 걸었다는 이유로,
혼자 있었다는 이유로,
그리하여 표적이 되어줬다는
이유로.

수전 브라운밀러
Susan Brownmiller

173

여자를 업신여기는
말을 너무 많이
들은 나머지 이제는
어처구니없게도
존경하는 말조차 전부
조롱처럼 들린다.

케테 시르마허
Käthe Schirmacher

#
174

손님이 사는 건 섹스가
아니라 권력이다.
그녀〔성노동자〕에게
가장 견디기 어려운
고통은 성행위가 아니라
굴욕이다.

코르넬리아 필터
Cornelia Filter

#
175

유년시절 이후 난
한 가지 사실을 깨달았다.
행실이 나쁜 여자는
살해당한다는 것을. 하지만
행실이
얼마나 나빠야
살해당하기까지 하는지,
난 알지 못했다.

사하르 칼리파
Sahar Khalifeh

\#

1 7 6

여성과 어린
여자아이에 대한
강간 및 살해는
성적 환상이나
포르노그래피와
분리될 수 없다.

실라 제프리스
Sheila Jeffreys

177

피해자가 당당하게
서려면, 그가 아닌
남성이 단죄되려면
얼마나 더 많은
살인과 강간이
일어나야 할까?

타슬리마 나스린
Taslima Nasrin

#
178

TV 수사물에 빈번히
등장하는 여성 살해에는
어떤 기능이 있다. TV를
보는 남자는 살인자나 경찰과
자신을 동일시한다. 반대로
여자는 피해자와 자신을
동일시해야 한다.

알리체 슈바르처
Alice Schwarzer

\# 179

거기서는 거의
모든 소녀가
할례를 당한다.
하지만 아무도
입을 열지 않는다.
신문도 침묵한다.
텔레비전도. 라디오도.

수단 출신 여성

180

모든 인간관계에 스며 있는
여성에 대한 경멸을
삶의 모든 영역에서 폭로해야
한다. 그것은 모든 규칙뿐만
아니라 매 순간에 깊숙이
박혀 있다.

수전 손택
Susan Sontag

181

여성 살해는
극에 달한
성 테러리즘이다.

다이애나 러셀
Diana Russell

# #
182

어떤 여자가 숲에서 시체로 발견됐다는 이야기, 잔혹한 짓을 당했다는 이야기가 신문에 실린다. 하지만 이는 늘 다른 여자의 이야기이며, 그런 행위를 한 남자는 다른 남자일 뿐이다. 남자들은 자기가 그런 사람이 아니라고 생각한다.

마거릿 애트우드
Margaret Atwood

# #
183

포르노그래퍼가
'희생자 없는 범죄'라는
말을 믿지 마세요.
제가 바로 그 희생자 중
한 사람이었으니까요.

린다 러브레이스
Linda Lovelace

미국의 포르노그래피 배우 출신으로,
반(反)포르노그래피 운동의 대변인으로 활동했다.

184

여자가
망가지는것보다도
고대 부처상
두 개가 훼손된
것에 더 흥분하는
세상이라니.

로빈 모건
Robin Morgan

5분만 읽어도 알 수 있는 페미니즘

Q&A

Q

페미니즘이란
무엇인가요?

A

페미니즘은 성차별적이고 남성 중심적인 현실과 맞서는 이념과 사유, 운동을 아우릅니다. 또한 레즈비언, 게이, 바이섹슈얼, 트랜스젠더 등 이성애 중심적이고 가부장적인 사회에서 억압받는 소수자의 권리와 다양성을 옹호하는 이념이기도 합니다. 19~20세기 초의 여성 참정권 운동, 20세기 중반의 제2물결 페미니즘, 그 이후의 제3물결 페미니즘부터 현재에 이르기까지 다양한 흐름들이 이어져 왔습니다.

Q

페미니즘의 목적은
무엇인가요?

여성을 억압하는 현실을 바꾸는 것입니다. 유리천장처럼 눈에 보이진 않지만 분명히 존재하는 차별을 인식하고 그 해결책을 찾는 것, 남성의 경험과 방식을 보편적인 것으로 삼는 태도를 지양하는 것, 스스로 억압받는다고 느끼는 여성들의 관심사를 체계적으로 이해하는 것, '여성적'이라거나 '남성적'이라는 성별 차이를 당연하게 받아들이지 말고 질문을 던지는 것 등 여러 가지가 있습니다. 그렇기 때문에 페미니즘은 생물학적 성을 가리키는 섹스sex뿐만 아니라 사회적인 성을 가리키는 젠더gender 역시 문제 삼습니다.

Q

젠더란?

A

생물학적 성과는 별도로 쓰이는 말입니다. "여자는 여성으로 태어나는 것이 아니라 만들어지는 것이다"라는 말처럼, 사회적으로 만들어진 성을 젠더라고 합니다. 예를 들어 긴 생머리나 가지런히 앉은 자세 같은 건 여자가 하면 자연스럽지만 남자가 하면 이상해 보인다고 생각하기 쉽습니다. 우리들은 성별에 어울리는 젠더가 있다고 믿고, 타인을 거기에 맞추려고 합니다. 가부장제를 비롯한 기존 질서는 우리가 차별을 자연적인 것으로 인식함으로써 재생산됩니다. 그래서 젠더라는 개념을 통해 세상을 보면 우리가 미처 알지 못했거나 애써 무시했던 사건들을 차별로 인식하고 대처할 수 있게 되는 것입니다.

Q

섹슈얼리티란?

A

섹슈얼리티는 간단히 말해 '성적 지향'을 가리킵니다. 하지만 성애, 성생활, 성적 욕망, 이에 관련된 사회제도 및 규범 등 다양한 의미 또한 갖고 있습니다. 많은 페미니스트들은 성별 질서에 대한 문제제기가 젠더의 경계를 넘나드는 다양한 실천을 미처 설명하지 못한다고 비판했습니다. 섹슈얼리티는 레즈비언과 게이, 바이섹슈얼과 트랜스젠더, 에이섹슈얼 등 다양한 성적 정체성을 가진 이들의 목소리에 귀를 기울이고, 우리의 몸과 욕망, 성적 지향을 설명해 주는 개념이라고 할 수 있습니다.

Q

여성혐오란?

A

흔히 '여성혐오'라 번역되는 미소지니misogyny는 여성을 향한 증오와 공포를 뜻합니다. 여성은 애초부터 지적으로 열등하다거나 이성적이기보다는 감정적이라거나, 어린애 같거나 관능적이라는 관념이 바로 미소지니입니다. 또 성에 대한 죄책감, 남성이 여성을 극단적으로 찬양하거나 폄하하는 것뿐만 아니라 여성을 남성에게 종속시키려는 가부장적 욕망을 포함합니다. 그래서 '남성혐오'는 미소지니/여성혐오와 반대되는 것 같지만 실제로는 있을 수 없는 말입니다. 미소지니는 단지 혐오감의 문제가 아니라, 여성을 폄하하고 비방함으로써 현재의 성별 질서를 유지하려는 모든 생각과 실천을 아우르는 표현이기 때문입니다.

인명 목록

거다 러너 Gerda Lerner
미국의 역사가·저술가

게르트루데 베어 Gertrude Baer
독일의 저널리스트·평화 운동가

그레타 가르보 Greta Garbo
스웨덴의 배우

글로리아 스타이넘 Gloria Steinem
미국의 저널리스트

글로리아 E. 안잘두아
Gloria E. Anzaldúa
미국의 학자

글로리아 워트니 Gloria Watney
캐나다의 저술가

다이애나 러셀 Diana Russell
미국의 사회학자·저술가

다이앤 B. 슐더 Diane B. Schulder
미국의 법률가

다차 마라이니 Dacia Maraini
이탈리아의 작가

데버러 태넌 Deborah Tannen
미국의 언어학자

도리스 데이 Doris Day
미국의 배우이자 가수, 동물권 운동가

레기네 힐데브란트 Regine Hildebrandt
독일의 정치가

레나테 클라인 Renate Klein
미국의 여성학자

로빈 모건 Robin Morgan
미국의 사회주의 페미니스트·시인

로자 마이레더 Rosa Mayreder
오스트리아의 작가·음악가·화가

로즈메리 래드퍼드 루터
Rosemary Radford Ruether
미국의 신학자·여성학자

루시 콜먼 Lucy Colman
미국의 노예제 폐지론자·여성 운동가

루이제 뮐바흐 Luise Mühlbach
독일의 작가

루이즈 미셸 Louise Michel
프랑스의 아나키스트

리다 구스타바 하이만
Lida Gustava Heymann
독일의 평화 운동가·여성 참정권 운동가

리스 위더스푼 Reese Witherspoon
미국의 배우

리타 프리드먼 Rita Freedman
미국의 심리학자

린다 러브레이스 Linda Lovelace
미국의 포르노그래피 배우

릴리 데버러 블레이크
Lillie Devereux Blake
미국의 여성 참정권 운동가

마거릿 생어 Margaret Sanger
미국의 간호사

마거릿 애트우드 Margaret Atwood
캐나다의 작가

마돈나 Madonna
미국의 가수

마르가레트 민커 Margaret Minker
독일의 저널리스트

마를레네 디트리히 Marlene Dietrich
독일 출신 미국의 배우·가수

마리아네 제게브레히트
Marianne Sägebrecht
독일의 배우

마릴린 먼로 Marilyn Monroe
미국의 배우

아이다 허스티드 하퍼
Ida Husted Harper
미국의 저술가

아지자 A Aziza-A 독일의 가수

안나 마냐니 Anna Magnani
이탈리아의 배우

안드레아 드워킨 Andrea Dworkin
미국의 급진 페미니스트

알리체 슈바르처 Alice Schwarzer
페미니즘 잡지 《엠마EMMA》의 창간인

알리체 프로페 Alice Profé
독일 최초의 여성 스포츠 의사

앤 해서웨이 Anne Hathaway
미국의 배우

앤드라 미디어 Andra Medea
미국의 작가

앨리 웡 Ali Wong
미국의 코미디언

앨리샤 키스 Alicia Keys
미국의 가수

어니스틴 L. 로즈 Ernestine L. Rose
미국의 노예제 폐지론자·여성 운동가

에멀린 팽크허스트
Emmeline Pankhurst
영국의 급진적 여성 참정권 운동가

에이드리언 리치 Adrienne Rich
미국의 시인

엘리너 스티븐스 Eleanor Stephens
영국의 저널리스트·텔레비전 프로듀서

엘리자베스 울스턴홈
Elizabeth Wolstenholme
영국의 여성 참정권 운동가·저술가

엘리자베스 케이디 스탠튼
Elizabeth Cady Stanton 미국의 노예제
폐지론자·저술가·여성 참정권 운동가

엘프리데 옐리네크 Elfriede Jelinek
오스트리아의 작가

엠마 왓슨 Emma Watson
영국의 배우

올랭프 드 구주 Olympe de Gouges
프랑스의 혁명가·여성 참정권 운동가

와리스 디리 Waris Dirie
소말리아의 모델이자 UN 특별대사

요한나 뢰벤헤르츠
Johanna Löwenherz
독일의 여성 운동가

우어줄라 포크트 Ursula Voigt
독일 스포츠 연맹 여성 스포츠 분과 팀장

우어줄라 헤르킹 Ursula Herking
독일의 배우

우에노 지즈코 上野 千鶴子
일본의 사회학자·여성학자

우피 골드버그 Whoopi Goldberg
미국의 배우

이다 한한 Ida Hahn-Hahn
독일의 작가

이름트라우트 모르그너
Irmtraud Morgner
독일의 작가

이리스 폰 로텐 Iris von Roten
스위스의 법률가·저술가

잔 데리쿠르 Jeanne d'Héricourt
프랑스의 작가·산부인과 의사

잔 모로 Jeanne Moreau
프랑스의 배우

저메인 그리어 Germaine Greer
호주의 작가

제니퍼 로렌스 Jennifer Lawrence
미국의 배우

제인 폰다 Jane Fonda
미국의 배우·작가

젠타 베르거 Senta Berger
독일의 배우

언니들의 페미니즘 : 하루 한 문장씩 페미니스트 되기

© 현실문화 2016
첫 번째 찍은 날 2016년 12월 30일

펴낸이	김수기
펴낸곳	현실문화연구
편집	김주원 차소영
디자인	정은경디자인
일러스트	Alix Choe
마케팅	최새롬
제작	이명혜

등록번호	제25100-2015-000091호
등록일자	1999년 4월 23일
주소	서울시 은평구 통일로 684 서울혁신파크 1동 403호
전화	02-393-1125
팩스	02-393-1128

hyunsilbook@daum.net | hyunsilbook.blog.me
www.facebook.com/hyunsilbook.kr

ISBN 978-89-6564-192-6 03800
가격은 뒤표지에 있습니다.

이 도서의 국립중앙도서관 출판시도서목록(CIP)은 서지정보유통지원시스템 홈페이지
(http://seoji.nl.go.kr)와 국가자료공동목록시스템(http://www.nl.go.kr/kolisnet)에서
이용하실 수 있습니다. (CIP제어번호:CIP2016030366)